孙子兵法

第三十二册

上海人民美術出版社
浙江人民美术出版社

目 录

地形篇 · 第三十二册

战 例

岳飞因地用兵胜李成

编文：郭忠呈

绘画：傅伯星

原　文　夫地形者，兵之助也。料敌制胜，计险易、远近，上将之道也。知此而用战者必胜，不知此而用战者必败。

译　文　地形是用兵的辅助条件。判断敌情，为夺取胜利，考察地形险易，计算道路远近，这是高明的将领必须掌握的方法。懂得这些道理去指挥作战的，必然会胜利；不懂得这些道理去指挥作战的，必然会失败。

1. 南宋绍兴四年（公元1134年）春，金人建立的傀儡政权——伪齐主刘豫受金命后，派将军李成伙同金军先后攻占了邓州、唐州、襄阳、随州、郢州、信阳等地（今河南南部和湖北北部的邓县、泌阳、随县一带），对南宋构成巨大威胁。

2. 这时，江南西路制置使岳飞驻军江州（今江西九江），连续上疏说："襄阳六郡，地为险要，恢复中原，此为基本。"建议举行反攻，收复失地。

3. 宋高宗接到岳飞奏疏，问群臣道："此事就委派岳飞如何？"参知政事赵鼎说："岳飞熟悉当地情况，可令其出兵襄阳等六郡……"

4. 宋高宗迫于形势，就命岳飞出兵，但又规定，六郡土地收复后，不得越界进兵。

5. 五月，岳飞率领大军，浩浩荡荡，开往前线，他军纪严明，命令军士所过各处，不准残害民众，不准践踏庄稼。

6. 渡江时，岳飞在兵船上对部属说:“倘使不能擒贼，就不再归渡此江。”

7. 大军抵郢州（今湖北钟祥）城下，号称“万人敌”的伪齐守将京超据城顽抗。岳飞的将士十分勇猛，迅速攀登上城，一举攻下郢州。京超投崖自杀。

8. 岳飞收复了郢州，分兵二路：一路由部将张宪、徐庆率领，进攻随州（今湖北随县）。

9. 岳飞亲率一路兵马攻襄阳，驻守襄阳的伪齐骁将李成久闻岳飞军威，急忙出兵迎战。

10. 襄阳左临襄江，据险可守；右为平地，可驰马冲杀。李成不明地利竟用骑兵据守江岸，让步兵列阵于平地。

11. 岳飞领诸将登高观察敌阵，片刻后说：“步兵利险阻，骑兵利平旷，贼将不知地利而如此布阵，即使拥兵十万，亦难有作为。”

12. 岳飞传部将王贵听令说：“你率步卒，持长枪，攻击敌骑兵，可凭险刺马，使敌骑不得驰骋。”

13. 岳飞又传部将牛皋听令说："你率骑兵攻击敌步卒，可尽力砍杀，不得有误。"二将得令而去。

14．王贵率步卒突入敌江岸骑阵，长枪只是朝着马腹乱刺，前队战马应枪而毙，后续马队都受惊奔逃。

15．江岸乱石嶙峋，地形狭窄，敌骑拥挤碰撞，纷纷坠入江中，溺死无数。

16. 牛皋率铁骑跃入平川，闪电般杀入敌人步卒阵地。宋军将士奋勇砍杀，轮番冲击，敌步卒根本无还手之力，顿时全线崩溃，逃命不及。

17. 李成见大势已去，无法再战，收拾残军，乘夜逃跑。岳飞遂收复襄阳。

18. 岳飞乘胜进军，不久，再败伪齐与金人联军，收复其余五郡，屯兵鄂州。宋高宗升任岳飞为清远军节度使，统辖襄阳府路。

战例

吴起爱卒如子军无敌

编文：万莹华

绘画：盛元龙 励 钊

原　文　视卒如婴儿，故可与之赴深溪；视卒如爱子，故可与之俱死。

译　文　对待士卒像对婴儿，士卒就可以跟他共赴患难；对待士卒像对爱子，士卒就可以跟他同生共死。

1. 战国周威烈王二十三年（公元前 403 年），魏、赵、韩三家分晋，独立为诸侯国。

2. 魏文侯任李悝（kuī）为相，主持变法，废除世卿世禄制度，提拔贤能，鼓励耕作，加强法治，因此在战国初期率先强大。

3. 卫国人吴起，是著名的儒家学者曾参的弟子。后弃文习武，在鲁国学习兵法，当上了鲁国的将军。

4. 吴起为鲁王打了几个胜仗，却引起了鲁王的猜忌。于是吴起就离开了鲁国，投奔魏文侯，到魏宫求用。

5. 有关吴起其人，议论颇多，有说他残忍的，少年时代就杀过三十余人；也有说他薄情的，母亲死了也不回去；还有说他贪婪的，不一而足。魏文侯拿不准，找来了大臣李克。

6. 李克道："吴起这个人贪图功名，又很好色，小节有亏。但用兵打仗，很有本事，就是齐国的司马穰苴也不能超过他。"

7. 齐司马穰苴曾为齐国打败燕国和晋国，在诸侯间名声极大。魏文侯一听李克之言，就用吴起为将军，率军西攻秦国。

8. 吴起带兵西进，身为将军，却不骑战马，与士卒一起背着粮袋，徒步行军，士卒深为感动。

9. 吃饭的时候，他也不为自己特意烧菜、煮饭，而是与士兵一起，围着大锅吃饭，嘻嘻哈哈，一点不摆将军的架子。

10. 晚上宿营，他与士兵同睡一起，席地而卧，连席子也不铺。

11. 下属劝他骑马，他见士兵中有人身体虚弱，就把马给体弱的士卒骑坐。

12. 有一个年轻的士兵生了背疽，行军途中，一时找不到好药，吴起就亲自为他吸出脓汁，使他转危为安。

13. 后来，这个害背疽士兵的母亲听到这个消息，竟放声大哭，感到十分伤心。邻居奇怪地问道："吴将军不惜以口吮毒，救了你儿子，你怎么反而伤心痛哭呢？"

14. 这位母亲说："我的丈夫过去也是吴将军的部下，吴将军也曾为他吮吸毒疽，他感动不已，终于战死沙场。看来我儿子这条命也保不住了。"

15. 吴起爱兵如子，与士卒同甘苦，深得士卒的爱戴，他指挥到哪里，士兵们就勇敢地冲到哪里。

16. 吴起的军队连打胜仗，秦军节节败退，被他一连攻下五座城市。

17. 魏文侯闻报，十分高兴。吴起不仅善用兵，而且清廉，深得将士拥护，于是魏文侯就任命他为西河郡（今陕西华阴附近）守将。

18. 吴起在西河郡修理城墙，训练兵马，西拒强秦，使秦军在此期间，不敢东来，牢牢地守卫着魏国西部边疆。

战 例

郭威姑息养兵弛军纪

编文：余中兮

绘画：张新国 正 泰

原　文　厚而不能使，爱而不能令，乱而不能治，譬若骄子，不可用也。

译　文　对士卒厚待而不使用，溺爱而不教育，违法而不惩治，那就好像骄惯的子女一样，是不能用来作战的。

1. 五代十国时，后汉乾祐元年（公元948年），后汉的创建者刘知远病死，其子刘承祐继位。镇守河中的护国节度使李守贞因承祐年少，就自称秦王，并与占据长安的永兴军首领赵思绾、凤翔巡检使王景崇联合叛乱，形成“三镇之乱”。

2. 后汉朝廷以郭威为西面军前招慰安抚使，统领诸军征讨。郭威临行，先来到老太师冯道府上，向他讨教用兵之策。

3. 冯道自号“长乐老”，先后已侍奉四姓十君。冯道对郭威说：“李守贞身为宿将，依仗的是士卒归心。郭公如能不惜财物加以重赏，即可把他所恃条件夺取过来。”

4. 郭威深以为然，拜别冯道，督率诸军进抵河中城（今山西永济蒲州镇）外，展开攻势。

5. 按冯道的计策，郭威对部下将士，稍有立功即给予重赏，略微负伤即亲往探视，对不遵号令者不发怒，犯了过失的也不惩罚。如此一来，军心果然争取到了，姑息迁就的风气却也随之形成。

6. 当时，郭威见河中城易守难攻，又考虑到李守贞是身经百战的老将，一时难以力胜，便采取围困的方针，彻底断绝了河中城与外界的联系，打算涸水取鱼。

7. 李守贞陷入层层包围之中，决定西突重围与赵思绾取得联系，但多次出击均被打退。他急中生智，派部下化装成普通百姓，潜往黄河西岸汉军营地附近，开设了几家酒店。

8. 这些酒店以低廉的价格和允许赊欠来引诱围城军队前去纵饮。

9. 尤其是巡逻骑兵，常常喝得酩酊大醉，不省人事。将领们见了也不加管束，任其所为。

10. 李守贞见计策已成，便派遣部将王继勋率领千余精兵，乘夜潜入河西后汉军营垒，纵火大噪，突然袭击。

11. 后汉军守将刘词命令部下反击，将士们竟无斗志，畏缩不前，不听将令。幸有裨将李韬援矟先进，余众这才鼓起勇气跟着杀上，将偷袭的李守贞士众击退。

12. 李守贞部这次突围差一点就要得逞。郭威由此认识到军律松弛的危害，遂下令："若非明令犒宴，所有将士不得私自饮酒。"

13. 岂知郭威头天颁布禁令，翌晨便有爱将李审违令饮酒。郭威感到忍无可忍，立即令人将他推出斩首，以正军法。

14. 李审被斩后，汉军军纪才有所改进，并在郭威的率领下取得了平定三镇之乱的胜利。但姑息迁就以及由此而产生的军纪松弛现象并未得到根除。

15. 乾祐三年（公元 950 年），郭威以邺都留守、天雄节度使身份，出镇邺都防御契丹期间，后汉朝中内乱，郭威和监军王峻等守边将领的父母妻子都在这场内乱中遭受杀戮，甚至还有密诏要处死郭威和王峻。

16. 郭威于是留下养子柴荣镇守邺都，自率大军回朝，打算控制京城的混乱局面。

17. 军抵滑州（今河南滑县东），郭威把滑州府库中的财物统统取出，犒劳属下将士。监军王峻更以抢掠为诱饵，对部众说：“你等可奋力向前，待攻破汴京后，任你们抢掠十天！”众将士一听此言，欢呼雀跃。

18. 由于守卫京城的禁军不堪一击，郭威军轻易攻入京城。因王峻有言在先，部队入城后，果然到处抢掠，无所不为，搞得人心惶惶，鸡犬不宁。吏部侍郎张允因被郭威军士剥走衣物，竟被活活冻死。

19. 有的将领实在看不下去，就对郭威说：“再不禁止抢掠，到了晚上，整个京城只怕要剩下一座空城了！”郭威这才下了禁止抢掠的命令。

20. 郭威的军队本来就根底不好，经过此次怂恿抢掠，完全变成了“厚而不能使，爱而不能令，乱而不能治”的乌合之众。郭威虽治军无方，但在政治、经济等方面尚有一定建树，所以还受到部分官吏的拥戴。

21. 公元 951 年，郭威代汉称帝，史称后周，建元广顺。后汉河东节度使刘崇也在晋阳（今山西太原西南）称帝，仍用乾祐年号，史称北汉。刘崇时常勾结契丹向后周发动进攻。面对强敌，郭威越发不敢更改姑息政策、整肃军纪。

22. 广顺二年，后周奉宁节度使慕容彦超在兖州拥兵反抗朝廷。周太祖郭威率兵攻克兖州城。郭威军又在城中大肆抢掠，被杀者几近万人。

23. 显德元年(公元954年),郭威去世。郭威的养子柴荣不但承继了帝位,而且也从养父手中接过了一枚苦果——一支军纪败坏的骄兵。

24. 周世宗柴荣刚刚继位，北汉主刘崇就乘机联合契丹大举向南发动进攻。

25. 柴荣得悉，领兵出征，后周军与北汉、契丹联军在高平南面的巴公原（今山西晋城东北）南北对阵。为了鼓励士气，柴荣亲到阵前督战。

26. 北汉主刘崇凭血气之勇，逆风出战，令骁将张元徽率领的东路军首先出战后周军的右路军马。

27. 负责指挥后周军右路军马的是马军都指挥使樊爱能和步军都指挥使何徽。两军交战没几个回合，樊、何二将即率骑兵向后溃退。

28. 跟在后面的数千步兵逃跑不及，竟然脱掉盔甲，齐声高呼“刘崇万岁”，向北汉军投降了。后周军右路兵马完全溃败。

29. 柴荣见情势危急，立即亲冒矢石，催马向前督战。后周宿卫将赵匡胤、殿前都指挥使张永德见状也立即驱众向前，奋力冲杀。

30. 混战中，北汉刘崇手下骁将张元徽马倒被杀，北汉军开始惊慌起来。后周军乘势猛攻。战至傍晚，后周军大获全胜，北汉主刘崇率轻骑奔回晋阳。

31. 樊爱能、何徽二人率领数千骑兵仓皇南逃，可是当路上遇见向前方运送辎重的队伍时，却又大显威风，恣意抢掠。

32. 柴荣派人追赶制止，他们非但不听诏令，反而将一些使者打死，并在沿途散布谣言，说：“契丹大军来了，我军惨遭败绩，活着的人也都投降了！”

33. 到了晚上，樊爱能、何徽二将方才相信后周军已大获全胜的消息，召集逃散的兵员，归返大营。

34．柴荣率领得胜之师进驻潞州（今山西长治北古驿）后，深感军纪不整的危害性，意欲斩杀樊爱能、何徽二将加以整肃，又怕操之过急引起变乱，心中犹豫不决。

35. 一日，柴荣昼卧于行宫帐中，殿前都指挥使张永德在旁边侍卫。柴荣跟他讲了自己的忧虑。

36. 张永德说："樊爱能等人素无大功，而今又临阵脱逃，岂可姑息！况且陛下正欲平定四海，一统天下，如果军法不立，纵有熊罴之士、百万之师，又有何用?!"

37. 柴荣一听，一把将枕头掷于地上，大声称善。遂令人将樊爱能、何徽等七十余名临阵脱逃的将领逮捕一律处斩。

38. 柴荣斩将肃军，然后又重赏了在高平战役中的有功将士。遂使后周军军威大振，大大改变了郭威遗留下来的旧貌。此后，柴荣又裁减老弱，并在征战过程中不断加以整饬，终于建成了一支盛极一时的坚强队伍。

战 例

梁熙不守险固败安弥

编文：甘礼乐 刘辉良

绘画：陈运星 唐淑芳
闽 江 皖 山

原　文　知敌之可击，知吾卒之可以击，而不知地形之不可以战，胜之半也。

译　文　了解敌人可打，也了解自己的部队能打，而不了解地形不利于作战，胜利的可能也只有一半。

1. 东晋孝武帝太元七年（公元 382 年），前秦王苻坚派骁将吕光伐西域。吕光率领步兵十万、铁甲骑兵五千远征。

2. 太元八年（公元383年），吕光西出玉门（今甘肃敦煌西北），越过三百里荒漠，降服焉耆等国。太元九年秋，破龟兹，并击败猃胡、温宿等西域诸国七十万众，威名大震。

3. 捷报传回秦都长安，前秦王苻坚封吕光为西域校尉，都督玉门以西各军。但由于前秦在淝水之战中被东晋战败，局势混乱，吕光未能及时接到封命。

4. 龟兹城的市容像长安那样繁荣，宫室颇为壮观，吕光想留居此地。有个天竺和尚劝他东归，说东边自有福地可以居住。

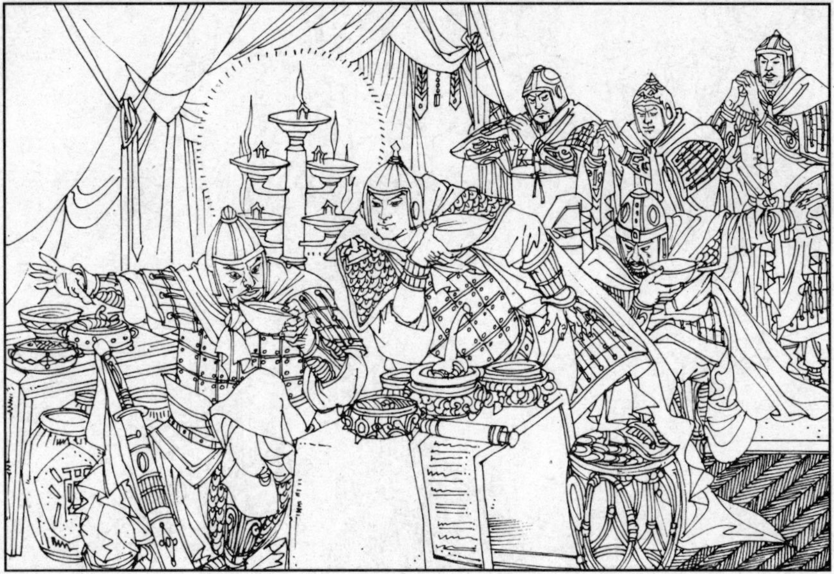

5. 吕光乐于听从这个和尚的意见，于晋孝武帝太元十年（公元 385 年）三月大宴将士，商议去留。众人都愿返回中原，吕光决定率部东归。

6. 他调用骆驼二万多头，驮运西域奇珍异宝，以及当地乐舞、杂技各种艺人，驱骏马万余匹，浩浩荡荡向东启程了。

7. 吕光的大队人马决定经凉州宜禾（今甘肃安西南）入玉门东进。前秦高昌太守杨翰考虑到前秦王苻坚被后秦姚苌所杀，苻丕才即位，担心吕光对前秦存二心，建议凉州刺史梁熙阻止吕光东进。

8. 杨翰还建议在高昌（今新疆吐鲁番东）西面的高梧谷口、伊吾关（今甘肃安西北）分别设防。他对梁熙说："吕光破西域后兵强气锐，闻中原丧乱，必有异图。高梧谷口是险阻要地，宜先据守，夺占水源。吕光大队人马干渴，就不难制服他。"

9. 杨翰见梁熙不置可否，又继续说："如以为在高梧设防距离凉州（治所在今甘肃武威）太远，则伊吾关距凉州较近，也可扼守。倘使两处险要之地都被吕光占领，纵使张良复生，恐也难阻止吕光东进了。"

10. 一席忠言，未被梁熙采纳。梁熙认为，吕光携带大批驼马物资，外加各种非军事人员，远道跋涉而来，凭自己的实力，以逸待劳，完全可以纵敌入关，然后一战而胜之。

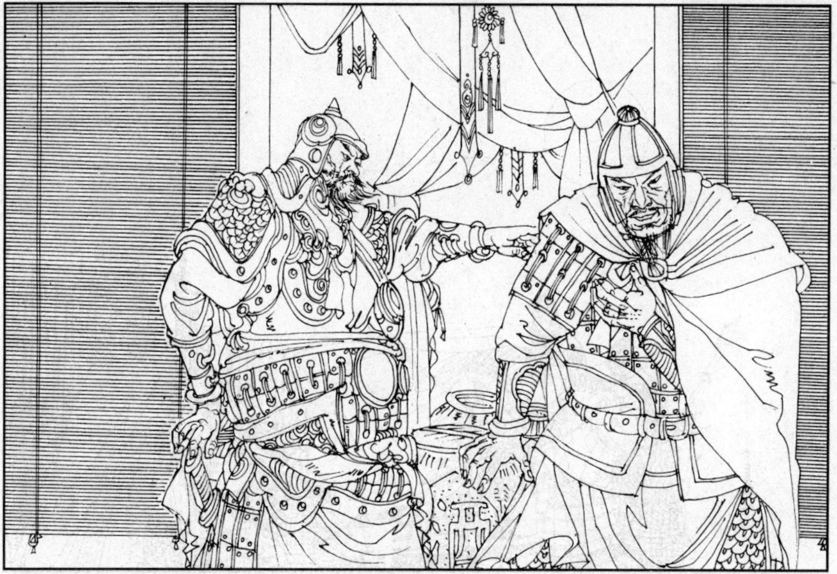

11. 吕光得知杨翰献计，不敢贸然挥师继进。部将杜进说：“梁熙文雅有余，智略不足，未必能用杨翰之谋。今宜乘他上下离心，从速挺进。”

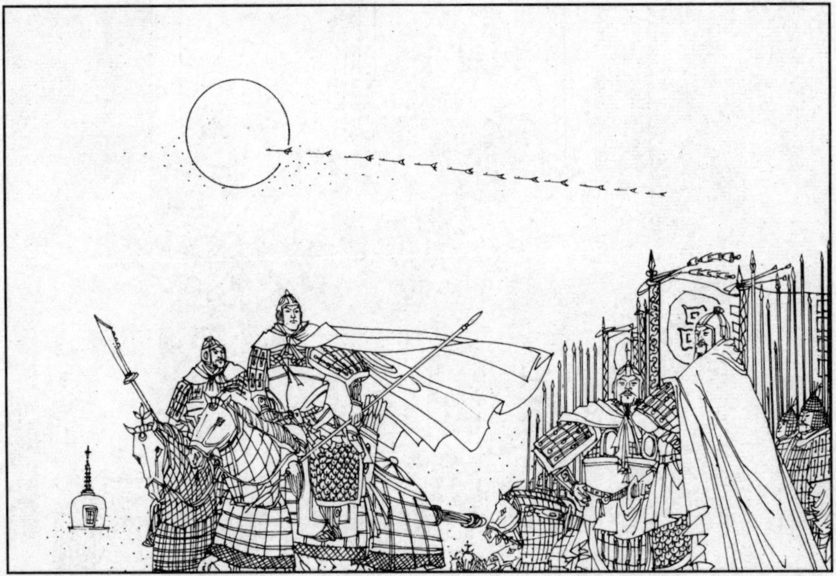

12. 吕光觉得杜进言之有理，采纳了他的主张，挥军向高昌（今新疆吐鲁番东）进发。

13. 高昌太守杨翰，因梁熙不听自己的忠告，向吕光请降。吕光不费一兵一卒，占了高昌郡。

14. 然后日夜急进，抵达玉门。梁熙估量敌我形势，认为吕军可击，本军能战，传檄指责吕光擅自拥兵回京，向吕光挑战。

15. 他任命儿子梁胤为鹰扬将军，与部将姚皓、卫翰，领兵五万，阻击吕光于酒泉（今甘肃酒泉）。

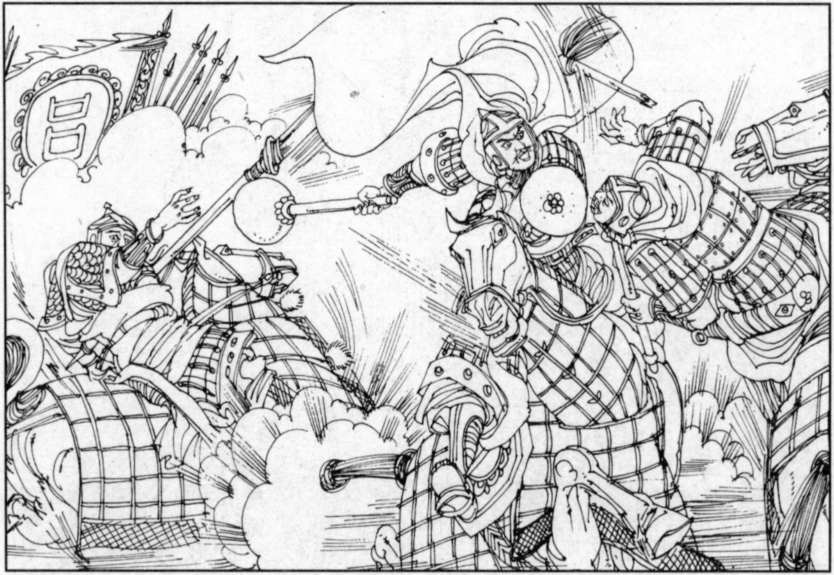

16. 吕光针锋相对，向凉州回寄檄书，谴责梁熙无赴国难之志，有横阻万众归国之心，因遣彭晃、杜进、姜飞三将为前锋，与梁胤战于安弥（今甘肃酒泉东）。

17. 安弥无险可据，本非守御之地。双方阵上交锋，梁胤一战即败，再战再败，只剩得数百轻骑，拥着他往东逃奔。

18. 彭晁、杜进等哪肯轻易放过，纵马紧追。梁胤逃了一阵，被杜进追着，活擒而去。

19. 吕光大败梁军，附近的胡、夷都来归附。敦煌太守姚静、晋昌太守李纯，也相继投靠吕光。

20. 武威太守彭济，倒戈诱捕梁熙，把他捆得严严实实，押到吕光帐下。

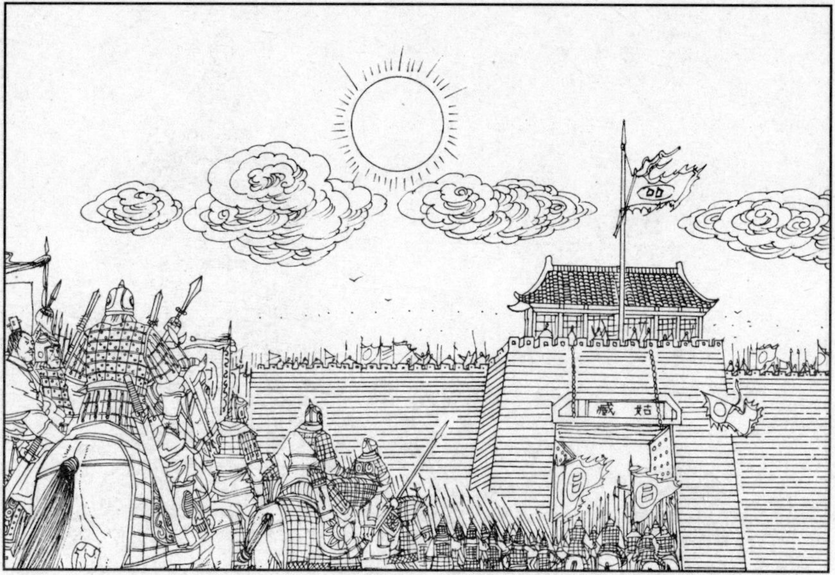

21. 吕光杀了梁氏父子，进占凉州州治所在地姑臧（今甘肃武威）。

22. 东晋太元十一年冬，吕光割据凉州，称酒泉公。太元二十一年（公元396年）六月，吕光自称天王，国号大凉（世称后凉）。

战例

韩信背水列阵战赵王

编文：朱丽云

绘画：蓝承恺 王丽萍

原　文　知彼知己，胜乃不殆；知天知地，胜乃可全。

译　文　了解对方，了解自己，争取胜利就不会有危险；懂得天时，懂得地利，胜利就可保万全。

1. 汉高祖二年（公元前 205 年），大将韩信用木罂渡河攻下魏地，而后与张耳援军会合，率军东进，击败代军，俘获代相夏说（yuè）。

2. 韩信正拟乘胜击赵，突然接到汉王刘邦的命令，要调回他手下的精兵到荥阳，协助荥阳汉军与项羽军作战。

3. 韩信只好先在代地招兵补缺，然后与张耳一道，率领数万兵马东向击赵。

4. 赵王歇和当时正在帮他治国的代王陈馀接到情报，立即集中军队，号称有二十万之众，在井陉口（今河北井陉境内）外扎下大营。这井陉口位处太行山以东，形势险要，是历代兵家必争之地，也是汉军击赵的必由之路。

5. 谋士李左车向陈馀献计，劝陈馀深沟高垒，坚壁不战，而他自愿率领三万人马从小路插到汉军背后，截其辎重，断其归路。汉军进退不得，不出十日，必自溃散。

6. 陈馀是个儒生，认为正义之师不用诈谋奇计，况且这一次，韩信千里奔袭，兵力弱小，自己完全没有必要惧怕，因而没有采纳李左车的计谋。

7. 韩信先前派往赵国的间谍回来报告了这一情况，韩信大喜，当即引兵进入井陉狭道，在离井陉口三十里处扎下营帐。

8. 到了半夜，韩信突然传令准备进兵。出发前，首先挑出了二千名轻装骑兵。这些骑兵除了携带各自的武器之外，每人还要扛上一面红旗。

9. 韩信让他们从山中小道绕到赵军营垒背后隐蔽起来，待两军交战后再依计行事。

10. 这些骑兵走后，韩信立刻让副将传令全军就食干粮，并且吩咐：“等到打败赵军后再会餐！”诸将都表示怀疑，只是口上称诺。

11. 韩信又对身边的军吏说："赵军已经占据要地设立营垒，他们没有看见我军大将的旗鼓，必不会向我先头部队发起攻击，因为他们怕一进攻，我军主力就会自动撤退，据险而守，达不到消灭我们的目的。"

12. 为此，韩信分派一万兵马首先开出井陉，背靠绵蔓水（流经井陉口东南）与赵军对面列阵。赵军见后大笑，认为韩信不懂军事常识，竟把这一万人马置于既不能退又不能进的死地。

13. 天亮后，韩信命令部下竖起汉军大将旗帜，带领主力部队，擂鼓出了井陉。

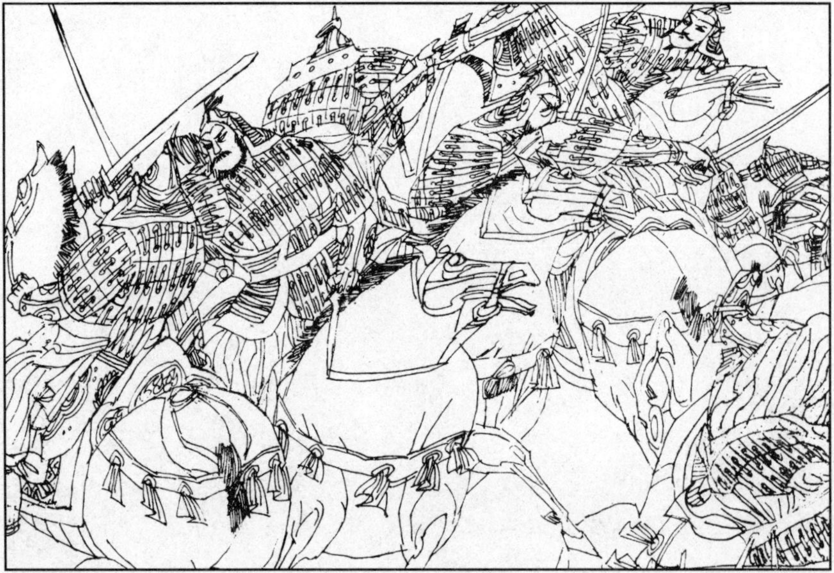

14. 等待已久的赵军见了，立刻冲出壁垒，迎头杀来。双方激烈拼杀，交战很久。

15. 眼见时机成熟，韩信、张耳即令部下丢弃旗鼓，假装败阵，奔向那早已背水而立的阵地。

16. 赵军认为消灭汉军、活捉韩信与张耳的机会来了，从壁垒中开出全部军队投入进攻。

17. 汉军由于后退无路，只得奋力搏杀，死里求生。

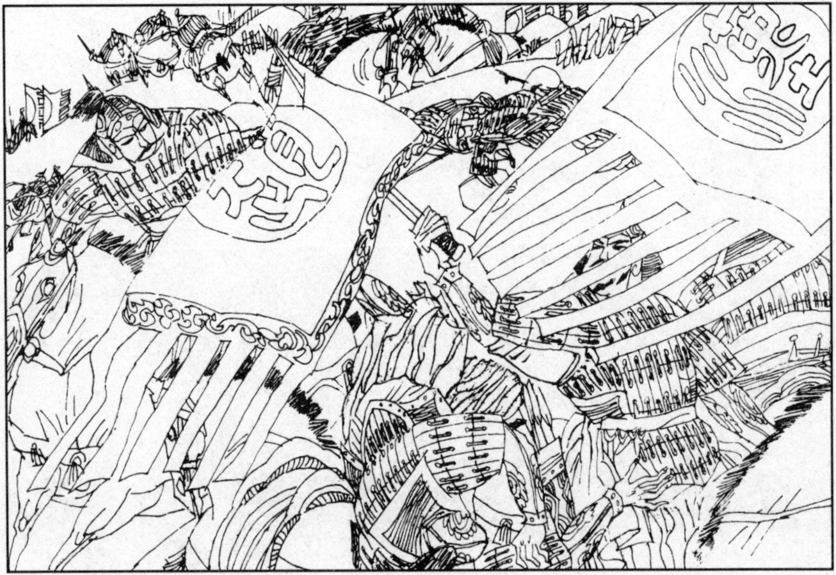

18. 此时，那二千名预先埋伏在赵军背后的骑兵立刻乘虚驰入赵军壁垒，拔掉赵军的旗帜，换上了汉军的红旗。

19. 赵军力战不胜，正想返回营垒稍作休息，谁知回首一望，发现自己的壁垒上全是红色的汉军旗子，以为阵地已失，不禁大惊失色。

20. 于是赵军大乱，争相逃命。赵将虽竭力制止，并且当场斩杀数人，还是挡不住这股逃跑的洪流。

21．汉军乘机前后夹攻，赵军腹背受敌，全面崩溃。汉军斩陈馀，活捉赵歇和李左车，另外还俘虏了许多人马。

22. 诸将问韩信背水列阵而能取胜的道理，韩信道："你们只知'背山面水'，却不晓'陷之死地而后生'。我所带的兵是新旧夹杂，良莠难分。唯一的办法就是置之死地，使其人自为战，才能克敌制胜。"众将一听，无不佩服之至。

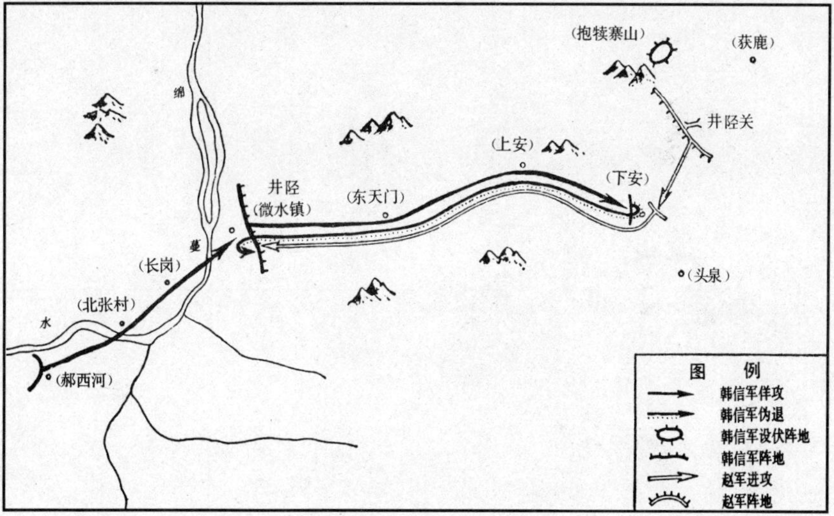

韩信破赵之战诱敌示意图

孙 子 兵 法

SUN ZI BING FA